만월滿月의 여자

황금알 시인선 141

만월滿月의 여자

초판발행일 | 2016년 12월 24일

지은이 | 정영선
펴낸곳 | 도서출판 황금알
펴낸이 | 金永馥
선정위원 | 김영승 · 마종기 · 유안진 · 이수익
주간 | 김영탁
편집실장 | 조경숙
표지디자인 | 칼라박스
주소 | 03088 서울시 종로구 이화장2길 29-3, 104호(동숭동, 청기와빌라2차)
물류센타(직송 · 반품) | 100-272 서울시 중구 필동2가 124-6 1F
전화 | 02)2275-9171
팩스 | 02)2275-9172
이메일 | tibet21@hanmail.net
홈페이지 | http://goldegg21.com
출판등록 | 2003년 03월 26일(제300-2003-230호)

값은 뒤표지에 있습니다.

ISBN 979-11-86547-52-6-03810

만월滿月의 여자

정영선 시집

황금알

날마다
텃밭에 쪼그리고 앉아 솎아낸
풋내 나는 시가 한 광주리다

이 풋내가 곧 나의 향기이다

각각의 향기
오래오래
꽃처럼 아름답기를.

2016년 11월
정영선

차 례

1부 종일 봄을 튀기다

2부 붉은 숨소리

3부 새소리에 별이 뜨고 해가 뜨는

4부 본두콩을 깐다

1부

종일 봄을 튀기다

겨울 사잇길

긴 겨울 허리 가로질러
헐렁한 배낭 둘러메고 자작나무 빼곡한 숲길 걷는다
은회색 미끈한 몸매 자작자작 뱃살 트는 소리
절로 들린다
바람은 늙은 억새 듬성듬성한 머리카락
앙상한 손가락으로 가르마질 하다가
제 서러움 무시로 휘파람으로 풀어낸다
저만치 허공에 길 내어 등불 켜 든 노박덩굴
반가이 나그네 맞는다
신은 당신의 메마른 겨울 정원에
까치밥, 망개 열매 매달아 산새들을 부르시고
나지막한 시누대 숲 사이에 빈 뱁새 둥지 걸어놓아
나의 궁금증 부풀린다
마른 풀잎 고이 엮어
첫 시집 같은 신혼집 오목하니 지어
포란의 흔적 뒤로
껍질 벗은 새끼 새 서툰 날갯짓 하며 이 방주 떠날 때
허공에 정점 찍으며
새끼 음성에 귀 세워 마른 애 태웠을 어미새

언제 적에 나, 껍질 벗고 고향 떠나왔던가
겨울 산 적막 쪼아대는 딱따구리 부리에
늦은 햇살 꺾이어
도끼날 부리에 푸른 멍 들겠다

선인장 모텔
— 불면

발길 따라 닿은 낯선 길가 모텔에 등짝 눕히다
무당집 냄새 물씬 난다
접시꽃 포인트 벽지에 금박 꽃 붉은 커튼
한판의 굿마당이다
어둠이 되감기는
저승길 화려한 꽃가마 사각 틀에 갇혀
껌벅이는 눈으로
굳게 닫힌 죽음의 성 들지 못하고
불면의 허물 낱낱이 해부할 때
머릿속 수천 개 별똥별 정자 꼬리처럼 헤적인다
횡격막 부풀리며 몸 일으켜
취해 붉은 정수기 눈 조준하다가
코골이 냉장고에 삿대질하다가
지렁지렁한 그들 목숨 줄 다 끊어 놓고
다시, 시체 싸개 같은 흰 시트에 주검처럼 누웠어도
머릿속 사랑초꽃 주저리로 피어나는

무채화

마른 연잎 구겨진 치맛자락
이 빠진 연 숭어리 허리 꺾인 노파는
녹슨 날들 외면하며 설운 춤 추다가
태초 말씀 되짚으며 스스로를 접는다
시간의 포개짐은
계절과 계절 사이에 붉은 경계 긋고
그 경계 사이에
연꽃잎 떨구고 간 채 읽지 못한 사연의 엽서
무수히 남았는데
흘림체로 쓰여진 체념의 문장 오롯하다
기울어진 세월에 잉태된 무채화 한 폭
내가 접수하다

소리꽃 자리

감잎 붉은 이파리 두어 장 책갈피에 뉘었다가 창가에
내어 걸다

바스락 금이 갈 것 같은 몸피로 쇄골에서 흘러내린 핏
줄들 사이사이 세월 더께로 가부좌한 검버섯 어룽인다

잎새는 떠나는 늦가을 꽁무니 쫓다 말고 여름 벌레가
갉아먹다 만 옆구리를 긁적인다

연둣빛 통통한 애벌레 주억이며 베어 먹던 소리꽃 사
각사각 소금기둥 되어 서 있다

가을은, 다음 페이지로 넘어가지 못한 채 양면테이프
에 두 발이 묶여 있다

만월滿月의 여자

간장을 뜨려다 문득
장독 속 빠져 있는 여자를 보네
거울에 얼비치는
퉁퉁 불은 보름달
국자로 건져 올리려다 빠뜨리고 빠뜨리네
찌그러졌다 펴졌다 도리질로 앙버티는
고집이 제법인 여자
천천히 자지러져
고요에 맞닿을 때까지 나는
아득한 독 안을 오오래 들여다보네
아찔하니 멀미가 이네
버캐 앉은 짜디짠 생 흔들리다 울렁증 일어도
십자가 덧짐 지고
깊은 적막의 테두리 벗어나지 않은 탕탕한 세월
묵혀져 더 깊고 융숭한 초로의 단내가 되네
가을 햇살이 만월의 여자를 마침내 도닥이네

논우렁이

온몸 비틀어
제 살 속 잉태한 모래알 같은 새끼들
목젖 아프게 토해놓고
허물어지는 육신아

철없는 새끼들
식어빠진 어미 속살
마지막 한 점까지 다 뜯어먹고
우렁우렁 늑골 넓히며 등껍질 키워갈 때

둥둥, 물 위로 떠오르는 껍데기
살아온 날 결코 가볍지 않은
뜨거운 생의 무게

담쟁이 단풍

갯가
돌담
바알 발
옆걸음질로 기어오른다

돌 틈에서
빠져 나온
붉은발말똥게

햇살에 발갛게
등껍질 익는 줄도 모르고
줄
  지어
    어딜
가시나

마삭줄

내 말을 꺾지 마라
당신이 내 말 꺾는 동안
내 생각 줄은 두 갈래로 뻗어 간다
길이 없다고 주저하지 마라
당신이 길이 없다고 멈칫거리는 동안
난 길을 열어 나아간다
미끄럽다고, 가파르다고 갸우뚱거리는 동안
발바닥에 징을 박고
자벌레처럼 수직으로 기어오른다
숱한 군중들
천 갈래 만 갈래 우왕좌왕하는 사이
나만의 마디 접어 몸을 꺾어 나아간다
습하고 낮은 자리 기꺼이 간다

외딴집

꼬부랑 할머니, 달팽이 뿔 같은 지팡이로 하루를 누이고 일으키며 밤 쭉정이 같은 집에 들며 나며 산다. 수수모가지 붉은 뒷목 당기는 한낮 사부작사부작 가풀진 뒷밭에 올라 풀물 든 손톱으로 고구마 줄기 따며 궁시렁거리더니 어느새 붉은 고추 한 자루 따서는 질질 끌며 누런 호박 나뒹구는 두렁길 기어서 오신다. 손바닥만 한 볕 바른 마당에 닿자 갈고리 손으로 키 가득 널어놓은 햇참깨 두어 되에 깨알보다 많은 참새 떼 콩콩 뛰는 부정맥으로 꼬습한 시간 쪼다가 인기척에 깨알 튀는 소리 흩뿌리며 날아오른다. 할머니, 혀를 차다가 양철 소리로 엄나무에 째째째 앉은 참새 떼 꾸짖으며 헛팔매질로 후이 후이 역정 내신다. 할머니 속마음 읽고 있는 참새들 달아나는 척 제자리 맴돈다. 그래, 마니 묵고 낼 또 놀러 와라. 연신 궁시렁거리는 할머니, 째째 거리는 참새떼

종일 봄을 튀기다

동구 밖 벚나무 아래서
뻥튀기 아저씨 종일 봄을 튀긴다
지구 궤도를 공전하던 알갱이들이
달구어진 압력을 못 이겨 꽃살로 터진다
동네 꼬마들 덩달아 부풀어
동구 밖이 환하다
먹어도 먹어도 허기가 지는 야바위 같은
튀밥이지만
군것질만으로 포만했던
우리 삶의 언저리
또다시 호각소리에 펑펑, 벚꽃 터진다

바람새로 우는

흑 흑, 바람의 혼이 울고 있다

어디서 왔는지
나뭇가지에 우쭐대며 물구나무서는 바람
신들린 듯 칼춤 추다 꼬리 감추는 바람
모두 떠난 가지 끝에 쪼그려
머리채 흔들며 우는 또 다른
바람

한번 떠난 바람씨는 돌아 올 줄 모르는데
바람맞은 여자는 또 다른 바람 낳아
헛바람 콧바람 엉덩잇바람으로
묏바람 들바람 냇바람이 들어
소소리바람 건들바람 된바람 몰아치다
길바닥에 치마 벗고 회오리바람으로 나 뒹굴다
떠난 자리

바람새로 우는 그대

꽃 멀미나 할란다

이 봄날, 섬진강으로 핸들 잡은 바람난 여자가 간다
늘상 고향 쪽으로 벋어있는 촉수에 꽃 기별 와
저당 잡힌 내일의 태엽 풀어 달려간다, 가서
꽃 멀미나 할란다

휘어진 섬진강 허리춤에 감겨 모롱이 돌 때마다
뭉텅뭉텅 안겨오는 분 내음
진저리나게 피어 꽃 사태 난 매화 향에, 나
꽃 멀미나 할란다

화개장터 지나 구례 마을 산수유
푸수수 꿈꾸는 꽃 돌담 위 아른거릴 때
골목길 걷다 말고 꽃그늘에 앉아
무심코 올려다 보면
노란 멀미 아득 이는

쌍계사 십 리 벚꽃 타닥타닥 팝콘처럼 튀면
무장무장 따라 피는 순백의 하동 배꽃
강바람에 하롱하롱 흰나비로 날으는

실컷 꽃 멀미나 할란다

꽃자리같이 내 탯줄 자른 땅 꽃내에 취해
스러져나 볼란다

다래끼 꽃

내 촉수는 온통 그에게로 뻗어있다
붉은 사춘기 쉼 없이 피고 지던 꽃봉오리
발작하듯 갱년의 가을 뜰에 다시 부풀어
달포가 지나도록 피지도 이울지도 않아
어둑살 삼거리에 몰래 나가
납작 돌멩이에 속눈썹 뽑아 올려
퉤퉤 침 뱉고도 못 미더워
자잘한 돌멩이로 다래끼 집 지어
누군가 걷어차길 간절히 빌었건만
옷 앞섶 실로 묶으면 질식해 시든다 하였지만
발기된 꽃봉오리 시들 줄 몰라
언젠가 농익어 노란 꽃술 드러내는 날
엄지손톱에 십자가 긋던 탱자 가시 끝에서 뭉텅,
하혈 쏟으며 스러질
화농의 넋

누름돌

오늘같이 자만이 삐죽이 고개 드는 날이면
심중에 눌러 둘 묵직한 돌 한 개 생각난다
고들빼기 쓰디쓴 물 우러날 때까지
뻣뻣한 풋고추 곰삭을 때까지
꿈쩍 않고 앉아 있을

목울대에 불덩이 오르내리는 날이면
차가운 이성의 돌 한 개 생각난다
꼿꼿한 자존이 뭉그러질 때까지
발설의 욕구 수그러들 때까지
지긋하게 눌러 둘

건들바람에 마음 깃 나부끼는 날이면
가부좌 무릎에 누름돌 한 개 얹어 놓고
몸 비틀어 튼실한 시 한 줄 낳고 싶다
반질반질 묵직한 돌 같은

주남저수지에 와 보시라

그대, 주남저수지에 와 보시라
가을날 조붓한 코스모스 길 밟으면
손끝에 와 닿는 순금빛 들판
서툰 소리꾼의 휘모리 장단에 머리채 흔드는 억새
풀숲에 겅중대는 다리 긴 방아깨비
호수에 잠방대는 물잠자리 흘레에 물빛도 숨 멎나니

그대, 주남저수지에 와 보시라
저물녘 호젓이 둑길 걸으면
노을이 맨몸 담글 때 붉어지는 호수의 낯빛
간당간당 가지 더 늘어뜨리는 수양버들
앞서거니 뒤서거니 꽁무니 좇는 쇠물닭 새끼들
어둠을 끌어당기는 가창오리 군무
지우며 그려내는 바람의 물무늬에
그대 취하리니

그대, 무시로 주남저수지에 와 보시라
날빛 따라 옷을 갈아입는 호수는
비 오면 오는 대로 갠 날은 갠 대로

그가 풀어내는 몸짓과 언어가 다르며
아침과 한낮, 저물녘 표정과 메시지 또한 다른
주남저수지에 그대 한번 빠져보시라

빈 캔

돌담 위에
버려진
빈 캔

빗물로 빈속을 채우고 있다

그 누구의 타는 목마름을 위해
기꺼이 내장까지 비워 준

이젠 골바람이 와서
울어주지 않아도 좋다

섬

떨어져 변방으로 나앉은 시간만큼 외로움도 깊었을 터
아무런 각오 없이 생고집으로 스스로를 방임했을까마는
의문 부호로 떠 있는 그대에게 무시로 뱃고동
화해를 타전하고
그 속내 읽어내려 갈매기 끼룩대며 보채건만
스스로 가파른 벼랑 깎아
범접지 못할 닻을 내려
미동 없이 수평선만 응시하다가
그물처럼 조여 오는 외로움 털어내지 못해
절규하듯 제 가슴 풀어헤쳐 날 선 파도에 맨살 뜯겨도
뜯긴 살점보다 더 깊이 팬 오목가슴 상처
아픈 꽃으로 피는 밤이면, 홀로 앓는 소리
하얀 포말에 묻어버리고
짭조름한 아침 갯내음에
헝클어진 마음 추스르며 시치미 뚝, 떼고 앉은

나도 때론 섬이 된다

정동진

바다는 흑암 속 거친 숨소리로
수평선까지 달려가
하늘과 몸 섞으며 밤새 뒤채이다가
밝아오는 날빛에
흥건히
붉은 양수 터뜨리며
불끈 힘주어
햇덩이 순산하고는
부끄럼 없이
알몸으로 퍼질러 앉아
절절 땀 흘리며 미역국 마시고 있다

2부

붉은 숨소리

그 남자를 읽다

벽시계 맥박소리
위층 사내 코 고는 소리
나는 그가 누운 콘크리트 아래 더 납작 엎드려
목젖이 퉁겨내는 바이브레이션 선율에 귀를 돋운다
깨어진 음반처럼 자지러졌다 포효하는 도돌이
정수리에 가시가 돋친다
시큼한 술 냄새가 콘크리트 벽 기포 사이사이에 박혔
다가
스멀스멀 아래로 흘러내릴 것 같다
잠시 모로 돌아눕는 사이
촤르르르 변기 물 내리는 소리
옥상 물탱크 자동펌프 돌아간다, 이어
쾅하고 방문이 닫힌다
허용한 적 없지만 성가신 불청객은
경계 벽을 허물며 내 침실을 점유하고
어둠은 그 소음들을 더 부추긴다
나는 옴짝 없이 그 사내 등짝을 보고 누워
새도록 혼을 강탈당한다

순간 포착

두더지 한 마리 숏 다리로 뒤뚱거리며 달음질하다가
금세 사라진,

땅이 저 홀로 부풀어 튼 살처럼 갈라지며 구물 구물 한
참을 기어가다가 멈추어 선,

그 긴 터널 입구를 갈참나무 곁 지나던 바람이 신기한
눈으로 들여다보고 있다

낮달

보았네,
자작나무 가지 사이로 얼비치는 얼굴
부서진 시간 속에 하얗게 지워졌다 되살아난
기억 너머 그 소년

비밀한 쪽지 한 장 건네주고
나뭇가지 뒤에서 훔쳐보는 낮달처럼
늘 먼발치서 지켜보던

모른 척 애써 외면하다가
무심코 고개 돌리다 마주쳐, 흠칫 놀란
싱긋 웃는 얼굴만 희미하게 각인된

칡꽃 향 같은 추억 하나 들춰 보는
하늘에서

바람의 향기

잠시 스치는 바람인 줄 알았습니다
잠시 머물다 갈 실바람인 줄 알았습니다
도르르 풀리는 실타래
회리바람인 줄 알았습니다
자꾸만 한쪽으로 쏠리어
무심한 파도인 줄 알았습니다
흐트러진 머리카락 매만지며
거울 앞에 섰을 때 아,
치자꽃 향기가 났습니다
그 향기 나부낄 때마다
상앗빛 그리움 타래 풀어냅니다

굴렁쇠

봄이 굴렁쇠를 굴리면
올챙이 알이 죄다 개구리 뱃속으로 굴러 들어가고
민들레 꽃잎 홀씨 속으로 숨어들면
자주색 제비콩 꽃 꼬투리 속으로 들어가고
널따란 토란잎 알뿌리 속으로 숨어들면
햇빛과 바람의 뜻을 좇던
열매란 열매 모두 태胎 속으로 굴러 들어가고
나뭇잎들은 가지의 표피 사이로 숨어들어
모든 세상이 율법처럼 겨울 자궁 속으로 굴러 들어가
곳간 씨앗으로 봉해져 있다가
봄의 증명서 발부되면
날숨 뱉으며 젖내 찾아 더듬이 세우다가
피가 더워, 가려워
긁적인 상처가 열꽃으로 피는 날
세상은 경배하듯 그에게 갈채한다

아구찜

모질게도 질긴 년
남의 속 불 질러 벌겋게 뒤집어 놓은 년
소매 걷고 한판 붙을 수도
뼈째 오득오득 물어뜯어 갚아 줄 수도 있지만
어휴, 내 입 더러워질까 봐
고상한 품위 떨어질까 봐 참는다, 참아
뼈다귀 달라붙은 물컹한 껍데기살 주제에
질기디질긴 자존심에
까칠함이라니
어쭈, 잘린 반쪽 턱관절 모로 돌려 비웃는 배짱이라니
그래, 내가 졌다 졌어

싱싱한 새벽

새벽 인력시장은
자갈치시장만큼 퍼덕인다
어둠이 껍질을 채 벗기 전
건져 올린
싱싱한 하루치 노동을 팔기 위해
아등바등 가쁜 숨 대열에 끼었다가
공사판 허드렛일로 떠나지만
바람맞은 등짝으로
애꿎은 돌부리 걷어차는 이 보았는가
실직으로 틈새 아르바이트로
저마다의 이력서 꼬깃꼬깃 속주머니에 쑤셔 넣고
내일을 당겨와 오늘을 잇대는
그들의 흰 등짝에 핀 검은
소금꽃 보았는가

붉은 숨소리

한 줄기 빛도 없는 깊은 지하 동굴
검은 땀방울로 얼룩진 무수한 시간들이
미로 속에 갇혀 있다

새카만 근육질로 생을 캐던 탄부의 날숨이
갱 속 떠돌다 낙숫물 되었나
오싹한 냉기 등줄기를 훑는다

하루의 채탄으로 목숨 줄 잇던
팍팍한 생의 흔적
레일 위에 멈춰 있다

질척이는 갱도에
여름날 사루비아 꽃보다 더 붉은 숨소리
또옥 또옥 떨어진다

목수 김씨

비 오는 날 공치는 날, 술 마신 뒷날 재끼는 날
일없으면 쉬고 놀고 싶으면 놀고
하루 벌어 하루 먹고 살아도 대통령 안 부럽다는
나름 개똥철학으로 세상과 조율하며 사는 목수 김씨
허리춤에 비스듬 연장주머니 비껴 걸고
뜨겁게 하루를 두들기며
망치질할 때마다 팡팡 머니가 쏟아진다
너스레 떠는, 말은 그래도
어깨 근육 결리도록 증오 같은 뾰족한 대못을
종일 두드려 박는 일은
세상을 향한 돌팔매질일 수도
목수 예수를 십자가에 못 박은 바리새인처럼
엊그제 멱살잡이한 동료 가슴에다 못질을
하고 있는 건지도 모른다
그러나 한 번의 못질로
합판과 합판 아귀를 정교하게 꿰맞추는 일은
세상 삐딱하게 살지 않고
한 치 오차 없이 똑바로 직시해서 살고픈
자신에 대한 주문인지도 모른다

오늘도 구릿빛 땀방울로 쇠못 대가리 내리칠 때마다
푸른 불꽃이 혼절에 혼절 거듭한다

돌각담 앞에서

돌각담 틈새마다 앓는 관절 감싼 이끼

묵묵히 세월 무늬 새기며

나 잘났네, 너 못났네 불거지거나 토라짐 없이

모난 아귀 서로 맞추며

위는 받들고 아래는 살펴 품어

천 년 붙박이로 버텨 온

자연의 문양에 녹아들기까지

안으로는 울이 되고 밖으로는 길이 되고

경계가 되는

나, 빈 틈 메우는 작은 틈새 돌이라도 될까나

모서리

차를 후진하다가 모서리에 아프게 찧어
움푹 팬 가슴팍이 쓰리다 못해 먹먹하다
평행선 달리던 두 감정이
불협화음 되어
날 세워 부딪히면
현장에 흩어지는 뾰족한 원색 말의 파편들
찢긴 살점은 굳은살로 아물지만
마음살에 박힌 파편 뽑을 수 없어
내 안에 다듬어지지 않은 모서리가 있는 한
누군가를 흠집 내고 찌를 수 있어
그대, 누구에게 각 세운 적 없나요

늙은 오이

지 성질 못 이기면 지만 서럽지
아무리 성질이 급해도 그렇지

다음 주말에 올 때까지 천천히 자라거라
두 번 세 번 일렀건만
그 새를 못 참아서
풋내기이던 게 지레 저리 늙어 버렸나

아이구,
지 성질 못 버리니 지만 서럽지

가시가 돋는 남자

그 남자 가슴판엔 날마다 가시가 돋는가 보다
수염처럼 자라는 가시가 자꾸 찔러 따가워
면도날로 밀어내듯
날마다 알코올로 녹여내야 되는가 보다
속이 다 망가졌다는 의사 진단에도
온몸 세포 얼얼해질 때까지
정신이 허물어질 때까지
술로 진득하게
뾰족한 가시 뿌리를 흔들어놔야 직성이 풀리는가 보다
그래야만 따끔거리고 껄끄럽던 게 좀 멎는가 보다
어쩌면, 남자는
혼의 뿌리까지 흔들려
그 투명한 소주잔에다 몸을 기댈 수밖에 없는가 보다

너만의 향기

알토란같은 햇살 한 보자기 펼쳐놓고
예쁜 휴식 두어 시간 초대합니다

찻잔에 피어나는 커피 향 맡으며
귤껍질을 벗깁니다
노란 포장 벗겨지고 드러나는 살점

새큼 달차근한 맛 익히 알면서도
새큼함에 손사래 치는 이도
한입 가득 군침으로 베어 무는 이도 있습니다

커피 향과 녹차향이 다르고
귤 맛과 사과 맛이 다르고
색 또한 다르듯
저만의 색과 향 그대로를 읽어주며
세상을 아우를 때

감미로운 클래식 제 음색 풀어놓습니다

냉장고

모두 잠든 밤이면 유난히 네 심장 소리 크게 들린다
뜨거운 펌프질로 심장 박동 돌려
스스로 갇힌 감옥에서 새파랗게 질리는
차가운 냉가슴 홀로 앓으면서도
도통 내색하지 않고 무던한
늘 우두커니 벽에 기대어 무언가를 골똘히 생각하는
이따금 가슴을 열어젖혀
허기진 욕망 채워주는 속이 꽉 찬
미덥고 아직 쓸 만한 여자

함박꽃 여자

나 모레 이사 가. 어디로 왜 가느냐는 다그침에 이곳에서 살아야 할 이유가 없어서라며 전화선처럼 늘어진 목소리로 담담함을 그려낸다. 철렁 심장이 곤두박질치다가 이내 먹먹함으로 돌아선다. 서너 해 전 남편이 종종걸음으로 하늘길 떠난 후 애들마저 직장 따라 객지로 떠나자 부초 같은 마음 매어둘 곳 없어 바다가 보이는 고향으로 내려간단다. 우리 걷는 길에 늘 이별을 예견하고 살지만 갑작스러운 그녀의 이별 통보는 가슴에 왕소금을 뿌린 듯하다. 말할 때 늘 함박웃음 먼저 피워 무는, 가슴엔 노을빛 물무늬 잘랑대고 뉘게나 하늘사랑 한 됫박씩 퍼다 나르는 차마 보기 드문 여자, 내 안에 심어진 함박꽃 한 그루 뿌리째 스러진다. 와르르 무너지는 아픈 사랑 같은, 어딜 가나 그 입가 함박꽃 물고 있으라

학꽁치 낚시

토막 낸 한나절을 뙤약볕에 풀어놓고
포물선 허공에다 그어대는
민낯의 젊은 여자
가는 줄로 바다를 통째 끌어올리는 순간
남청빛 살점 활처럼 휘다
길바닥에 퍼덕인다
능숙한 손놀림으로 여자, 살점 주둥이를 벌려
목젖 깊이 박혀있는 물음표를 뽑아내고는, 다시
새우의 하얀 등살 발라내어 물음표에 끼우며
누구 먼저 세상 구경 시켜줄까
발 빠른 놈부터 다투어 올라오고
빈 낚싯대 지키던 사내들 동공 그녀를 핥는다
신들린 듯 여자는 바다 깊이 빠져들고
시간은 미늘 세워 여자를 삼킨다
청바지 속 핸드폰 홀로 울다 지치도록

바람 잡아 무엇하리

하늘 문 열리고 궁창이 생긴 이래
해 아래 시작된 인간의 수고는 헛되고 헛되어라
해가 떴다 다시 지듯
남에서 부는 바람 북을 돌아 남으로 다시 오고
한 세대가 기울면 다음 세대가 다시 뜨고
있던 것이 없어지고 후에 다시 있을 굴렁쇠 같은 것
강물이 마냥 흘러도 바다를 만삭으로 채우지 못함같이
눈으로 귀로 다 보고 듣고 말하여도 족함이 없고
돈과 지식과 명예의 탑 쌓아
교만의 사다리 끝까지 올라 봐도
손에 잡히는 건 바람, 바람뿐인 것을

바람 잡아 무엇하리

3 부

새소리에 별이 뜨고 해가 뜨는

봄까치꽃

옴마야, 야들이 누고
느그들 추운데 와 밖에 나와 있노
춥다, 빨리 들가라
옴마야, 야들 고집 봐라
꿈쩍도 안 하네
느그들 누구 기다리나?
야들아, 고개만 회회 젓지 말고 말을 좀 해 봐라
아, 알긋다
너거들 봄 기다리제
근데 갸는 아직 올 때가 한참 멀었는디
긍께 너거들도 들갔다가 한참 이따가 나온나
알긋재?
아이구야,
얼굴이 시퍼레져 갖고
언덕 밑에 오종종 쪼그리고 앉아서
오들오들 떨고 있는 야들 좀 봐라

그 까닭

해가 한 자리에 서 있지 않고 포물선 그리는 까닭은
키 큰 나무 아래 있는 낮은 풀꽃에게까지 볕살 고루 나
눠주려
풀꽃들 자꾸 가녀린 목 길게 뽑아 올리는 까닭은
햇볕 한 스푼이라도 더 베어 먹으려
실바람 무시로 불어대는 까닭은
작은 풀잎 겨드랑이 간지럼 태워 웃음꽃 불러내려
풀꽃이 온몸으로 나풀대는 까닭은
바람과 햇볕에게 감사의 말 전하려
달빛이 자금 자금 내려서는 까닭은
도랑가 이름 없는 풀꽃들 젖은 발목 어루만지려
별들이 각자의 모습으로 반짝이는 까닭은
풀꽃들도 제 모습 뽐내며 반짝이게 하려는 것

아 라 홍 련

보아라, 저 자태
고려 여인 기품을
애오라지 앙가슴에 발아의 한(恨) 품어
그 모진 마음 살이
칠백 여름 건너와
나 살아 있었네라, 토해내는 외마디로
단단한 순장(旬葬)의 옷 벗고
생의 불 다시 지펴
연분홍 적삼 차림으로 바람 앞에 웃고 서 있는
기억하는가, 그대 이름
아 라 홍 련

새빨간 거짓말
— 유홍초

나는 절대 그를 불러들이지 않았다

이름도 모르는 그가
며칠 밤낮 내 집 기웃거리더니

헤실헤실 치맛단 걷어 올리며 울을 넘어와
빨간 립스틱에 온몸 배배 꼬며
친친 나를 감아 호리어
혼을 뺏고 마는 아찔한 오후

사운대는 댓바람에게 나는 다만,
그녀에게 어디서 온 누구냐고 물었을 뿐이다, 라는
새빨간 거짓말을 하고 말았다

새소리에 별이 뜨고 해가 뜨는

헝클어진 생각들이 가닥 잡히지 않을 때
액셀 질끈 밟아 시골 냄새 깊숙이 파고들어요
미촌리에 자울자울 어둑발 내리면
뒷산 새소리 더 반짝거려요
지빠귀 소리에 별이 하나 뜨고
소쩍새 소리에 별이 또 하나 뜨는 곳
까맣게 밤이 타들어 가도록
부산한 산새들 이야기 총총 하늘에 맺혀요
밤이 농익어 터지기 전
참새가 뾰족한 부리로
쫑쫑 별무리를 쪼아 어둠의 태 가르면
곤줄박이 박새가 푸릇한 새벽 속껍질 벗기며 경을 읽어요
새벽은 미련의 그림자도 없이 체념의 길 떠나고
불면으로 밤 밝힌 돌담 위 흰 박꽃
안으로 다스려 온 그리움 홀로 삼키다가
한 꽃잎씩 까묵까묵 잠이 들어요
이슬에 말가니 몃 감은 개미취, 풍접초, 층층이꽃도
스러졌다 일어서는 대숲 젖은 리듬에 머리 털어요
바람의 살과 뼈 낱낱이 발라먹어 통통하게 살 오른

애호박이 느긋이 감나무 그네 탈 때
시 한 구절 슬며시 피어올라
집게손가락으로 길게 잡아당겨요

.

풀꽃 소리에 귀 기울이면

해마다 이맘때면 풋보리 긴 이랑 질러 논두렁 길 걷고 싶다. 살갗 간질이는 바람에 풀 내음 묻어오면 쑥이랑 쑥부쟁이 달래 캐던 유년으로 거스르고 싶어 사슬 풀린 개울가 버들강아지처럼 하늘거리는 마음은 손끝으로 봄을 만지고 싶어 콧노래로 들녘을 내달린다

일찌감치 돋아난 자잘한 들풀에게 허리 굽혀 안부 물어 악수를 청해 보기도 하고, 풀꽃 하나하나의 이름 불러주며 그 꽃잎 한 잎 한 잎에다 시를 적어준다. 벼룩나물꽃, 봄까치꽃, 별꽃, 양지꽃 쪼그리고 앉아 그들 노래 듣다 보면 어느덧 가슴에 색색의 꽃물이 든다. 꽃물든 가슴으로 바라보는 세상이 얼마나 고운지, 모두를 사랑하고 품을 수 있는 넉넉함의 주인이 된다. 내 안 욕심과 허울이 눈 녹듯 사라지고 감사와 진실만이 몸 낮추어자리한다. 이렇듯 예쁜 꽃들이 지천으로 널려있는데 일일이 눈 맞추어주지 못하고 손잡아주지 못함이 아쉬움으로 남는 봄날이다

고사목

푸른 시절 휘파람 불던 기억
잊은 지
하 아스라해

망연히 혼줄 놓고
성깃성깃 벗겨진 껍질 속 흰 뼈마디로
가지 끝 생채기로

옹이마다 골진 사연 사려 안고
고갯마루 갈림길에
외따로이

천 년 길잡이로 서 있는

꽃 지는 계절

꽃 진다
꽃이 진다
부는 바람에 서럽도록 기억꽃이
진다

기별 없이 찾아온 목 꺾인 사랑처럼
빗방울에 떨어지는 배롱꽃잎처럼
속절없이 지고 마는
기억꽃

콩나물시루에 물 빠지듯
모래밭에 빗물 스미듯
비켜 못 선 세월 사이로 흔적 없이
새고 있다

밑줄 그어 저장해 둔
기억 곳간 붉은 메시지들마저
반항아 되어 집 나간다

꽃 진다
꽃이 진다
기약 없는 이별처럼 기억꽃
슬피 진다

동백꽃 모가지처럼 미련 없이
툭
툭
진다

갯지렁이의 길

신이 차려놓은
성스러운 만찬에 참여한 공복의 왜가리
긴 주둥이로 개펄 속 꿈틀거리는 갯지렁이 꿀꺽,
통째 집어 삼킨다

영문 모른 채
깊은 대롱 속으로 툭, 던져진 지렁이
떫디떫은 고통도 우려내어 마시다가
왜가리 뱃속에다 새 乙 자 획을 치고
스스로 사리가 된다

금국화 차

마음 빛 시린 날은 꽃차를 우린다
찻잔 가득 금빛 꽃 돋우어
차향 깊이 젖는다

꽃차를 마시면
내 안 가득 꽃향기 채워질까
내 안에 채워진 향기 밖으로 넌출댈까

저무는 가을빛이 못내 아쉬워
가두어 둔 금국향

두고두고 겨우내
추억처럼 꺼내어 보는

이방인

거울 앞에서 눈가 주름 생소한 여자와 눈 마주쳐
흠칫 놀란다
그녀 영혼은 내 안에 있을 터
머릿속에 똬리 틀고 있는지 가슴쯤에 쪼그리고 있는지
달빛에 길어진 내 그림자 질끈 밟아 봐도
밟히지 않는 타인의 것
투시경으로도 보이지 않고
해부 책에도 없는 나는
이방인
내 존재감은 위벽이 따갑고 쓰릴 때
문짝 모서리에 발가락 찧어 눈물이 찔끔 날 때나 느낀다

그리고 기억을 티슈처럼 쏙쏙 뽑아 쓸 수 있는
생각 박스는 어떻게 생겼는지
때론 메모리 해둔 기억이 실종되어
뼈도 형체도 못 찾을 때 있는데
해져 나달나달한 기억 저장실 수리하려면
비용은 얼마나 들까

내 안에는 연료 저장실도 있어
충전을 시켜야만 몸과 혼이 회전되는데
나는 정녕 나를 알 수가 없어
거울 속 여자에게 넌 누구냐고 물어보면
고정되어 있던 눈동자가 흔들리다가
고개를 돌리고 만다

어머니의 그네

D병동 심장중환자실
하루에 3분 정도 짧은 면회 시간
푸른 가운에 슬리퍼 갈아 신고 들어가
엄마, 부르면
깡마른 몸피에 몰아쉬는 가쁜 숨으로
마주한 눈빛 그득 하고 싶은 말 고였는데
입에 물린 산소 호흡기에 할 말 모두 묻어버리고
두 손목 묶인 끈에 수화마저 가로채인
심장혈관 수술 후
호흡이 말을 듣지 않아
말똥하게 불 켜진 의식으로
혀에 물 한 방울 적시지 못한 채
이승과 저승 사이에서
하염없이 뜻 모를 그네만 타고 계시는
배당된 생의 줄 늘이려 한 대가 벼랑이다

웃어야 사는 여자

달리는 버스 옆구리 살에 찰싹 달라붙어 환하게
웃는다, 여자
얼굴 가득 새카만 먼지 뒤집어 쓰고
비라도 오는 날엔 땟물이 주르륵 흘러내리는데
빗물이 눈에 들어가도 깜박일 새 없이
그저 웃으며 달리는
맵찬 겨울바람 여름 땡볕 아랑곳하지 않고
날마다 하얀 잇속 드러내고 달려야 사는 여자
산다는 건 어쩌면
종일 아슬아슬한 차창에 고단하게 매달려
웃으며 달려가는 것
노란 신호 윙크에
가다 서다, 호흡 잠시 다듬으며

까치밥

추억의 곁가지에 대롱거리는 첫사랑처럼
빈 감나무 가지 끝
붉은 등 하나 깜박여요
지난날 뜨겁게 달구던 잎새들 이야기도
촘촘했던 등불도
바람의 시간 앞에 잃어버린 채
잠언처럼 서 있는 늙은 감나무
외진 생각으로 탈색된 사유의 맥 짚어요
이른 아침 등불 앞에
바짝 다가앉은 곤줄박이
밤새 주린 부리를 숟가락질하고 있어요

새의 하루가 달겠어요

풀꽃 사내

오늘도 무릎을 꿇는다, 그 사내

에움길에서 마주친
이름마저 아슴한 도도한 그녀에게
더금더금 명치 위에 호흡 가두고
무릎 꿇어 허리 접으며
채칵, 초점 찍는다

그녀는 사내 안에 갇히고
풀꽃에게 영혼을 주어 버리는 사내

모 · 자를 벗어 던진 남자

인공관절 수술받은 백발 할머니 곁 챙모자 눌러 쓴 사내 수발을 든다 팔다리 주무르다가 눈가를 닦아주다가 앓는 소리 어르고 달래며 쪼매만 참으소, 며칠만 참으모 괜찮아 질끼요 보기 드문 모자간이라 병실 아주머니들 부러운 눈길로 할머니, 아드님이 어찌 그리 효잡니꺼 아이구, 요새 세상에 저런 아들이 어딨노, 참으로 부럽습니더 대답 없이 돌아눕는 할머니 곁 사내가 돌연 획 밖으로 나가더니 바람이 되어버렸다

할머니 신음 부나방 되어 천정까지 오르내리고 뒤척이는 횟수가 수위를 넘을 무렵, 대머리 할아버지 한 분이 할머니 곁에 앉으며 물수건으로 얼굴을 닦아주다가 팔다리를 주무르고 식사 시중을 들며, 나지막한 음성으로 쪼매만 참으소, 며칠만 참으모 괜찮아질끼요 어디선가 투두둑 실밥 터지는 소리 들리고 전신에 싸하니 전율이 인다

모 · 자를 벗어 던지고 온 할아버지 혼이 붉다

생각 하나가 흔들리네

맑은 도랑에 피라미 네댓 마리
말랑말랑한 물속을 쫓기듯 헤집고 다니네
물은 속살 더 부풀려 피라미들을 어루만지네
매끈한 피라미들은 가끔 물의 손바닥에 뒤집혀 은비늘
파닥이다가
수면에 찰싹 달라붙은 어리 연 아래 몸을 숨기다가
자금 자금 여린 볕살 밟고 들어오는 돌멩이 틈에서 아
가미 할딱이네
나는 물비늘이 잠잠해질 때까지 쪼그리고 앉아
물 낮바닥에 비친 내 얼굴을 골똘히 들여다보네
피라미 눈보다 작은 생각 하나가
뜬 눈으로 동그랗게 흔들리네

내 안의 도돌이표

　머릿속에 쏴아 바람이 인다 가슴팍에 닥닥한 덩어리 만져진다 때론 가슴팍이 풀어진 스카프처럼 제멋대로 팔랑댄다 그럴 때면 머릿속은 더 단단하게 굳어진다 제멋대로 풀어져 나풀대는 감성의 끄나풀을 이성이 낚아채 엎치락뒤치락하다가 바람의 음계 날려 보내고 결국, 도돌이표로 와 앉는

4 부

본두콩을 깐다

저어새

해거름 을숙도
큰고니 한 마리 긴 목 꼬아 척하니 등짝에 걸쳐두고
미동 없이 오수 즐기시는데

잘방한 개펄 쉼 없이 주걱으로 저어가며 한 끼 식사에
몰두하는저어새
허기진 뱃골 채우려 시린 발목 물에 담근 채
부리가 닳도록 온 개펄 바쁘게 갈 之 자 그어대다 비
틀,
현기증 앓는가

걷어 올린 몸뻬로 종일 무논에 엎드려
갈 之 자 그어가며 모를 심던
어머니
퉁퉁 불은 다리로 어스름 부엌 설설 기며 왔다 갔다
무쇠솥 주걱으로 저어가며 땀과 눈물 비벼 지은
밥을 푸시던

본두콩을 깐다

등허리 말고 앉아
손톱 세워 콩깍지 배를 갈라 엄지로 훑으면
또도동, 양푼에 떨어지는 청아한 빗소리
나른한 오후가 깨어난다
눈을 감고도 깔 수 있는 길숨한 줄무늬 껍질 콩
손톱 밑 아프도록 깐다
요뇨한 장맛비에 붉은 씨알 만삭으로 쌓일 때
빈 꼬투리에 찍혀 있는 선연한 포란의 흔적
수십 년 전 떠나온 둥지에
구겨진 껍데기로 누워 있을 어머니
오늘 당신 생각에
내 등허리 자꾸 안으로 굽어진다

들꽃 소리

들길 걷다

숨죽여 귀 열면

쉬잇, 풀꽃 가만 몸 푸는 소리

속살 부벼 절정에 닿는 소리

잉태되어 탱탱하게 여무는 소리

때가 되어

톡, 톡 비워내는 소리

바야흐로

바람에 바람에 흘러가는 소리

다림질

서랍 속 철 지난 옷 정리하다가
낡은 셔츠 두어 장 버릴까 망설입니다

갯벌 속 뱀장어처럼
질척이는 세상 홀로 헤쳐 온 시간들이
보푸라기로 일다가 소맷자락 닳았나요

땀내 나는 신음들이 모여 소금버캐로 앉다가
겨드랑이 실밥 터졌나요

떨어진 단추 자리 실오라기처럼
손 뻗어 해진 시간 끌어안으면
꿰맨 자국 목숨 줄 더 질긴 것을

또다시 한 계절을 접어 서랍 속에 포개 넣으며
구겨진 날들을 다림질합니다

연줄 되감으시는

팽팽하게 잡아당기던 세월의 줄 힘에 부쳐 놓아버렸나
새우처럼 오그라든 어머니

이 저녁 굽은 등으로 모로 누워 둥글어지시다

저리 작은 우주 속에 해가 뜨고 달이 뜨고
저리 얇은 물관 따라 뻗어 가던 계절은 신화가 되었나

이제,
동그마니 태중의 아이로 웅그리고
천천히 얼레에 세월 연줄 되감으시는

내 혼 벼리어
― 기도

이른 비와 늦은 비로
마른 뼈마디 같은 심령에 새살 돋게 하시고
허기로 얼룩진 영의 배를 만나*로 채우신 이여

녹슬고 무디어져
꼬집어도 느낄 수 없는 나의 혼 벼리어
파랗게 날 세워
엘리야에게 들려주시던
세미한 그 음성 듣게 하시고

날마다 나를 갈고 다듬는 연습으로
골고다 피 언덕 오르시던
당신의 다림줄에 합하게 하소서

* 성경속 이스라엘 백성이 광야길에서 배고플때 하늘에서 내려온 음식

침묵으로 노래하리

세 치 혀가 뱉은 말 한 마디
살 끝의 가시 되고 쏘아버린 불화살 되어
타인의 심장 뚫어 선혈 낭자하여도

내 눈 어두워 볼 수 없고
귀 어두워 들을 수 없으니
마음 어두워 느낄 수도 없으니

차라리 입술에 자물쇠 채우고
침묵으로 침묵으로 허리 동이고
빈 하늘 우러러 노래나 하리

몰랐네

꽃이었을 땐 몰랐네, 그대 누구인지
그 꽃 이울고 열매 차츰 익을 때
비로소 알겠네, 그대 누구인지
매실, 자두, 살구……

가까이 있었을 땐 몰랐네, 그대 누구인지
떠난 후
내 안에 맺힌 열매를 보고
비로소 알겠네, 그대 누구인지

열매로 그들을 알리라*, 하신
크신 이 말씀 이제야 알겠네

* 성경 마태복음 7장 20절

15세 다누의 일기*

탄자니아 북쪽 망골리아 작은 마을
태초의 아담과 하와처럼 벌거벗은 하지베 족
맨발로 정글 누벼 사냥해 온
짐승의 생살 뜯으며
흙탕물로 목축이고
얼기설기 나뭇가지 어긋 세운 땅바닥에
등가죽 깔고 누우면
가슴팍에 무수히 쏟아지는 별무리

꿈속에서도 다누는 활을 당긴다

그들 평균 수명 오십 세 그러나
커피콩 같은 두툼한 입술엔 감사의 노래
마르지 않고
검은 영혼에 깃든
행복의 춤사위 그칠 줄 몰라라

우리, 차고 넘치는 잔을 들고도
여전히 목마르고 허기로 신음하매

행복지수 세계 꼴찌
감사는 후불 아닌 선불이어야 하는데
오늘도 감사는 부재중

* KBS 다큐멘터리 〈15세 다누의 사냥 일기〉에서

어머니

다 내어주고
허물어진 기억마저 빠져나간 껍데기

바스러질 듯
요양병원 409호 침대 커버에
매미 허물처럼 꼬옥 달라붙어 있다

다 해진 세월 끝자락
움켜쥔
마른 나뭇가지 손

홀씨 되어 날아간
— 어머니

하루해가 까맣게 타들어 가네

벼룻길 굽이굽이 서녘에 이르도록
절름거리다

늑골 눕히며 마르고 말라
불쏘시개로 남은
뼈를 살라

꽃불 환히 밝혀두고 홀씨 되어 날아간

노을 저문 강물을 마시네

바람길 따라 휘이휘이

어머니 떠나신 지 보름 남짓 곧 떠나실 줄 예견했으면서도 선뜻 보내드리지 못한다 움푹 팬 마음 밭에 종일 소리 없는 비 내려 무덤 같은 고요 마음 싸매고 주검처럼 눕는다 꺼이꺼이 내 안 짐승이 어깨 들썩이며 울음 채스른다 그럴수록 팽팽하게 똬리 트는 우울 겹겹 잿빛 커튼 포위망처럼 둘러쳐진다 목젖 들어 심호흡으로 빠져나올 길 찾아 온몸 비틀어 봐도 제자리걸음이다 기도로 말씀 깊은 묵상으로 서서히 걷힌다 어머니 골진 생이 굽은 등 타고 내려 꼬리뼈에서 한참을 뒤뚱이다가 바람길 따라 휘이휘이 떠나신다

우슬초로 씻으소서

때론 당신 낯 피하고 싶을 때 있습니다
잠시, 아주 잠시만 눈감아주실 수 없나요, 묻고플 때
있습니다

먹음직도 하고 보암직도 하여
스스로 거울 앞에서 잘 채워진 이성의 단추를
푸는 일은

저희는 이성 없는 짐승같이 본능으로 아는 그것으
로 멸망하느니라,* 하신

우리의 선인장 붉은 꽃 죄 우슬초로 씻으소서

* 성경 유다서 1장 10절

십자가 열쇠 쥐여 주고 싶은

깡마른 체구 훤칠한 키 또렷한 이목구비 화장기 없는, 똑똑해 뵈지만 자존의 껍질 두껍고 질긴, 웃고 있어도 슬픔이 팻물처럼 줄줄 흘러내리는, 말할 때 누군가 안에서 그의 목젖 잡아당기는 듯 둔탁한, 풀어진 눈동자는 누구와도 눈 맞추지 않고 피로가 발끝까지 덕지덕지 달라붙어 그 비늘이 뚝뚝 떨어질 것 같은, 차도르*를 걸친 듯 어둠의 그림자가 온몸을 휘감아 영혼이 탁해 뵈는, 다가가 십자가 열쇠 꼬옥 쥐여주고싶은 그녀

* 이슬람교 여성이 외출 시 착용하는 망토 같은 전통 의상

민들레

척박한 민초 땅에 뿌리 박고
끙끙 꽃대궁 심지 돋워
도란도란 고향 마을 밤을 켠다
꽃술 속 비밀인 생명 고이 품었다가
돋아난 이파리 숫자 세어가며
한 꽃송이씩 차례로 피워 올리다가
대궁 끝 홀씨의 습성으로
한껏 부푼 꿈 주머니 홀연히 터뜨리면
궤도 밖 이방 영토에 코 묻고
까무룩 잠들었다가
헛기침 봄 소리에, 다시
새 촉 틔우는

작년 가을 시집간 딸아이 막 입덧 시작했다

나뭇잎, 손을 놓다
— 떨켜

나뭇잎 하나가 가지를 놓는다
계절 끝자락 붙잡고 떨다가
바람의 말씀 따라 기꺼이 손을 놓는다

배당받은 시간 다 갉아먹고
죽음의 키가 하늘에 닿아
노을 붉은 눈시울로 임종을 지킨다

깡마른 몸피로 병상 끝자락 붙잡고
늦가을 굴참나무 잎같이 떨고 있던 어머니
날숨 마지막으로, 끝내
앙상한 마디손 놓고 마시네

온 우주이자 생명줄인 가지 끝에서
한세상 눈물뼈로
바람의 미세한 지문까지 읽어내다가
세월 무게 버거워 스스로를 덜어 낸

혼은 이탈해 요단강 건너고

바람이 그 사체 염습하려 몸을 닦는다

떨켜는 이제
맨몸으로 한겨울 견뎌야 한다네

터

땅을 팔았다, 소유권 이전을 해 주고
땅값을 받았는데 섭섭하다
내가 처음 잡은 터를 맨몸으로 떠나오면서
아쉬움에선지 세상에 대한 두려움에선지 목이 찢어져
라 울었다
세 살 무렵 손바닥만 한 내 터를
누가 빼앗아 차지하고 있는지도 모르는데
동생이 들어섬을 눈치챈 할머니는
내 꽁무니 좇으며 누구에게 터 팔았니
쑥밭으로 팔았느냐 고추밭으로 팔았느냐 다그친다
무일푼에 넘겨주고도 정죄 받게 한 그 텃밭
지금 마른 쑥대궁 서걱이는 묵정밭 되어
병원 침상에서 세월 삭풍 훑고 또 훑는데
어머니 살던 빈집 텃밭엔 지금
모시 홑이불 널어 바래듯 개망초꽃 만발이다

자존의 날이 뭉그러질 즈음

먼 길 돌고 돌아
시퍼렇게 벼리어 둔 자존의 날이 무디어
뭉그러질 즈음에야 비로소 풀었네라

지는 것이 이기는 것이라는 공식 없는 그 문제 하나를

불혹의 모롱이 한참 지나
늦자란 내면의 키가 간당간당 허리춤에
닿을 즈음에야 비로소 알았네라

스스로 낮추는 자가 더 높아지리라는
오묘한 그 말씀의 진리를

바람의 향연과 관능의 시학

김 영 탁(시인 · 『문학청춘』 주간)

　일찍이 줄리아 크리스테바의 말을 빌리면, 사랑을 회상한다는 것은 아득한 일이어서 그 사랑에 대해 말하기는 어렵다. 에로티시즘을 초월한 이 흥분의 기쁨은 너무도 엄청나 차라리 순수라 하겠다. 사랑의 언어활동은 불가능한 것으로서, 적절한 표현이 어렵고 가장 솔직하게 표현하고자 할 때는 암시적인 것이 되어 그 의미는 은유에 실려 흩어져 버린다. 크리스테바가 진술한 "그 의미는 은유에 실려 흩어져 버"리는 현상이 시라고 말한다면, 본능적으로 작동하는 언어보다 시인이 쓰는 언어에 더 적합한 뜻일 것이다. 당연한 말이겠지만, 대상이 시화詩化하는 과정에서 여러 가지 은유의 옷을 입을 수밖에 없을 것이다.

　그러나 나는 정영선 시인의 시편들을 읽으면서, 한 편의 시를 완성하기 위하여 굳이 그런 수사의 옷을 입지 않고도 민얼굴이 예쁘다는 걸 본다. 흩어진 구슬을 능숙하게 꿰는 그녀의 솜씨를 보면서, 시의 정답은 없고 무한한 시의 길이 열려있다는 걸, 다시 확인하는 즐거운 시간을 가졌다.

바람의 향연

그녀의 시집을 관류하는 특장이 있다면 단연코 '바람'이라 말할 수 있다. 워낙 바람이 자주 출몰하는 바람에 정말이지 바람난 시인이 여기 있구나 싶을 정도다. 그래서 그녀의 시집 『만월의 여자』에서 '바람'의 시어를 찾아보니 55개의 바람이 분다. 바람은 공기의 이동이라 할 수 있다. 바람의 존재를 직접적으로 볼 수 없지만, 사람들은 실제로 바람을 보지도 않고 인식한다. 왜냐하면, 바람은 후차적이고, 풀이나 꽃이나 나무가 흔들릴 때 바람의 존재를 본다고 한다. 그러나 바람을 보는 건 불가능한 일이다. 그러고 보면 바람은 상당히 추상적이다. 우리가 공기의 고마움이나 생명의 절대적인 원소라는 걸 인식하지 않아도 이미 지구에서 자연과 인간의 역사부터 함께했기 때문에 부재 사항에 대하여는 상상할 수도 없을 것이다. 바람이 불어서 나뭇가지들끼리 서로 부비면서 마찰로 불이 일어났다면, 최초의 불은 바람의 자식일지도 모를 일이다. 보이지 않지만 완전히 존재하며, 추상성이나 사물에 직접하는 바람. 그런 작은 예를 든다면, 용龍의 존재를 떠올리는 용오름이라는 바람도 있다.

이제 사물들은 바람을 타고 이동한다. 그것은 시인의 꿈이고 욕망일 것이다. 그 꿈과 욕망 속에 순연하게 작동하는 시를 따라가기로 한다.

이 봄날, 섬진강으로 핸들 잡은 바람난 여자가 간다
늘상 고향 쪽으로 벋어있는 촉수에 꽃 기별 와
저당 잡힌 내일의 태엽 풀어 달려간다, 가서
꽃 멀미나 할란다

휘어진 섬진강 허리춤에 감겨 모롱이 돌 때마다
뭉텅뭉텅 안겨오는 분 내음
진저리나게 피어 꽃 사태 난 매화 향에, 나
꽃 멀미나 할란다

화개장터 지나 구례 마을 산수유
푸수수 꿈꾸는 꽃 돌담 위 아른거릴 때
골목길 걷다 말고 꽃그늘에 앉아
무심코 올려다 보면
노란 멀미 아득 이는

쌍계사 십 리 벚꽃 타닥타닥 팝콘처럼 튀면
무장무장 따라 피는 순백의 하동 배꽃
강바람에 하롱하롱 흰나비로 날으는
실컷 꽃 멀미나 할란다

꽃자리같이 내 탯줄 자른 땅 꽃내에 취해
스러져나 볼란다

－「꽃멀미나 할란다」 전문

정영선 시인은 시어를 잘 다룬다. 특히 이 시는 관능
이 살아 숨 쉬는 절창이다. 첫 연부터 읽는 이로 하여금
끌어당긴다. 바로 직방으로 섬진강으로 핸들을 잡고 바
람난 여자가 간다는 식이다. 그냥 처음부터 몰입할 빌미
를 준다. 이것저것 생각하지 않고 떠날 수 있는 여유와
낭만이 넘친다. 저당 잡힌 내일이라니, 고개가 끄덕여지
는 일이다. 그러니 시간의 태엽이 저절로 풀릴 수밖에
없다. 강은 곡선이다. 휘어진 섬진강을 여자의 허리처럼
감쌀 때 안겨오는 분내음이라니, 이제부터 취하는 시간
이다. 드디어 꽃그늘에 앉아 꽃 멀미하며 아득한 사랑을
떠올린다. 저기 사랑은 쌍계사십리 밖에서 팝콘처럼 타
닥타닥 튀면서 오고 있다.

이 시에서 후렴처럼 나오는 "꽃멀미나 할란다"는 음악
적인 요소와 음소가 주는 효과가 크다. 더불어서 '할란
다'가 주는 관능의 묘미는 시적 즐거움과 실천의 역동성
이 시를 힘차게 한다. 한껏 시의 음악성과 관능미를 살
리면서, 시 「꽃멀미나 할란다」는 동양시론에서 말하는
시화일률詩畵一律에 충실하다. 한 폭의 그림 속에 펼쳐지
는 생성화육生成化育은 화자와 자연의 절묘한 동일시同一視
를 이루면서 육肉과 정情의 조화로움이 돋보인다. 아득한

봄날, 쌍계사 십 리 벚꽃 강바람에 하롱하롱 흰나비 나는, 순백의 길을 걸으며 꽃멀미한다면, 얼마나 순수한 호사인가.

　　　　오늘같이 자만이 삐죽이 고개 드는 날이면
　　　　심중에 눌러 둘 묵직한 돌 한 개 생각난다
　　　　고들빼기 쓰디쓴 물 우러날 때까지
　　　　뻣뻣한 풋고추 곰삭을 때까지
　　　　꿈쩍 않고 앉아 있을

　　　　목울대에 불덩이 오르내리는 날이면
　　　　차가운 이성의 돌 한 개 생각난다
　　　　꼿꼿한 자존이 뭉그러질 때까지
　　　　발설의 욕구 수그러들 때까지
　　　　지긋하게 눌러 둘

　　　　건들바람에 마음 깃 나부끼는 날이면
　　　　가부좌 무릎에 누름돌 한 개 얹어 놓고
　　　　몸 비틀어 튼실한 시 한 줄 낳고 싶다
　　　　반질반질 묵직한 돌 같은

　　　　　　　　　　　　　　　　　　　－「누름돌」 전문

　　시 「누름돌」은 물건을 꼭 눌러 두는 데 쓰는 돌인데, 김칫돌 같은 것이다. 시인은 자신의 오만이 삐죽이 고개 드는 날을 경계한다. 자신을 알고 있다는 뜻이다. 이것을 어떻게 통제하고 관리하는지 벌써 궁금증을 유발한다. 하여, 고들빼기 쓰디쓴 물 우러나고, 뻣뻣한 풋고추가 곰삭고, 꼿꼿한 자존이 뭉그러지고, 발설의 욕구 수그러들 때까지, 그것들을 '지긋하게 눌러 둘'을 생각한다. 생生의 화두로써, 시인으로서 시 쓰기와 자신의 수양이며 도의 길을 노래한 시다. 정영선 시인은 침묵의 언어를 꿈꾼다. 안으로 안으로만 삼킨 돌의 언어를 생각하며, 돌의 말을 듣고, 돌의 말하지 않음의 언어, 즉 언어 너머의 언어를 화두로 삼는다. 참 어려운 일이다. 그러나 그녀는 침묵의 사원으로 가는 길을 보여준다. "건들바람에 마음 깃 나부끼는 날이면/ 가부좌 무릎에 누름돌 한 개 얹어 놓고/ 몸 비틀어 튼실한 시 한 줄 낳"을 것을 희망한다. 침묵의 돌 하나로 시의 사원을 짓다니, 아니 시를 생산한다. 이 시에서 '건들바람'은 중요한 시안詩眼이 된다. 사전적인 의미의 건들바람은 초가을에 선들선들 부는 바람이다. 풍력계급 4등급, 풍속 5.5–7.9m. 먼지가 일고 종잇장이 날며, 나무의 잔가지가 흔들거린다.

그런데 왜 건들바람에 마음 깃 나부껴야만 시의 사원을 직조할 수 있을까마는, 타고난 바람기 많은 바람의 시인이라서 그럴까. 여기에는 역동과 부동이 상존하고 있다. 목전에 펼쳐진 심마경心魔經에 금강부동의 자세로 누름돌 하나 얹어 놓고, 드디어 고통의 시 한 줄 탄생하는 순간이다. 오만과 세속에 들끓는 심마 안에서 시를 창작하는 순간까지 바람이, 그것도 건들바람이 불 때 시

한 편 오롯이 잉태한다. 침묵의 언어라는 고통 속에서
바람은 시의 전령으로서 정靜과 동動 사이를 들락거리며
내통하고 있는 것이다.

흑 흑, 바람의 혼이 울고 있다

어디서 왔는지
나뭇가지에 우쭐대며 물구나무서는 바람
신들린 듯 칼춤 추다 꼬리 감추는 바람
모두 떠난 가지 끝에 쪼그려
머리채 흔들며 우는 또 다른
바람

한번 떠난 바람씨는 돌아 올 줄 모르는데
바람맞은 여자는 또 다른 바람 낳아
헛바람 콧바람 엉덩잇바람으로
묏바람 들바람 냇바람이 들어
소소리바람 건들바람 된바람 몰아치다
길바닥에 치마 벗고 회오리바람으로 나 뒹굴다
떠난 자리

바람새로 우는 그대

– 「바람새로 우는」 전문

바람의 시인 정영선은 바람으로 새로운 시어를 만들고

있다. 「바람새로 우는」 시는 '바람새'를 통해서 다양한 바람의 축제를 벌인다. 그런데 '바람새'라는 말이 있는가? 바람의 전도사로서 바람을 낳는 정영선 시인을 통해서 태어난 시어다. 물고기가 물의 화신이라면, 새는 나무의 화신일 텐데, 어찌하여 바람이 생산한 게 새가 되었을까. 천변만화의 바람이 변신하는 건 다양할 뿐만 아니라, 보이지 않기에 더욱더 상상력은 확장되고 있다. 거기에 바람의 혼이 울고 있다. 애니미즘으로 본다면, 모든 사물에 영혼이 내재하고 있다. 굳이 종교를 떠나서라도 바람에까지 영혼의 숨결을 불어넣는 시심詩心은 얼마나 웅혼한가.

나는 여기서 바람의 기원을 생각하고 바람의 얼굴을 그려본다. 바람을 생산하고 있게 한 궁창이 자궁이라면, 바람의 근거는 사물의 숨결일 것이다. 그렇다면 바람의 얼굴은 무엇일까. 없는 형상을 그려본다면 상상도에 지나지 않겠지만, 이미 정영선 시인은 바람의 얼굴을 그리고 있다. 정밀하고 역동적으로 바람을 그리는 눈썰미는 형체가 없는 것을 형상화하여 한 편의 시로 현현하고 있다. 그녀의 주술처럼, 쏟아지는 바람의 언어 덕분에 바람으로만 전해지는 전언을 직접 만나보게 된다. 등장하는 바람도 물구나무서는 바람, 칼춤 추다 꼬리 감추는 바람, 머리채 흔들며 우는 바람, 헛바람, 콧바람, 엉덩잇바람, 뭇바람, 들바람, 냇바람, 소소리바람, 건들바람, 된바람, 회오리바람 등등이다. 그야말로 흐드러진 바람의 축제가 한바탕으로 놀다가 떠난 자리에 바람새로 울고 있는 것이다. 그러니까 다양한 가면을 쓴 바람들이 하나의 큰 그림인 바람의 새가 되어 울고 있다는 것이다. 한 편 장엄하고 비장한 오케스트라를 연주하는 장면을 상상해 본다.

돌담 위에
버려진
빈 캔

빗물로 빈속을 채우고 있다

그 누구의 타는 목마름을 위해
기꺼이 내장까지 비워 준

이젠 골바람이 와서
울어주지 않아도 좋다

– 「빈 캔」 전문

「빈 캔」은 비교적 짧은 시이지만, 명쾌한 울림과 감동이 있다. 빈 캔은 이미 버려져 있는데, 빈속에 무슨 건더기도 없이 빗물로 속을 채우고 있다. 실속 없는 어느 한 사람의 삶이 그려지고 있는데, 알고 보면 인간의 삶에서 겪는 보편적인 일이 아닐까 한다. 그러나 "그 누구의 타는 목마름을 위해/ 기꺼이 내장까지 비워 준"데에서는 앞의 문장과 구별된다. 이타적인 삶은 함부로 되는 게 아니다. 자신의 아낌없는 희생과 조건 없는 선택이 필수이기 때문이다. 여기서 보편적인 삶의 처지에서 보면 숙연해질 뿐이다. 혹자들은 꽃이 피고 그래도 세상이 돌아가는 건 다수의 선과 희생이라고 얘기한다. 그러나 어떤 희생적인 상황이 오면 대체로 머뭇거리는 게 보통의 삶이라면, 지체 없이 타자를 위해 희생할 수 있는 건 분명히 쉬운 일이 아닐 것이다. 사실 이 시는 평이하고 단순한데도 짠하게 가슴으로 다가오고 있는 건 시적 진정성일 터이다. "이젠 골바람이 와서/ 울어주지 않아도 좋"듯, 얼마나 의연한가.

> 돈과 지식과 명예의 탑 쌓아
> 교만의 사다리 끝까지 올라 봐도
> 손에 잡히는 건 바람, 바람뿐인 것을
>
> 바람 잡아 무엇하리
> — 「바람 잡아 무엇하리」 부분

> 하루해가 까맣게 타들어 가네
>
> 벼룻길 굽이굽이 서녘에 이르도록
> 절름거리다
>
> 늦골 눕히며 마르고 말라

불쏘시개로 남은
뼈를 살라

꽃불 환히 밝혀두고 홀씨 되어 날아간

노을 저문 강물을 마시네
                              −「홀씨 되어 날아간−어머니」 전문

　정영선 시인의 바람은 다양한 형태와 성정으로 변주하
고 있다. 천변만화의 바람의 모습으로 나타나고 있다.
앞에서 진술한 시편들의 무대에 등장한 바람도, 「바람
잡아 무엇하리」 시에서는 "손에 잡히는 건 바람, 바람뿐
인 것"이라고 설파한다. 또 다른 바람의 변주곡으로 떠
나간 어머니를 그리는 시 「홀씨 되어 날아간−어머니」에
서는 티베트의 풍장을 연상시킨다. 이 시에서는 직접적
으로 바람이 등장하지 않지만, 시어의 동작으로 보이지
않는 바람을 볼 수 있다. 하루해가 까맣게 타들어 간다
는 건 가슴이 타들어가는 거나 다름없다. 아마 생전의
시인의 어머니는 다리가 불편했을 수도 있지만, 신산한
삶의 과정을 불구의 형태로 말했을 것이다. 절름거리며
걷는 길은 어느새 서쪽으로 해가 기울만큼 오랜 시간에
걸쳐서야 목적지에 도착한다. 생각만 해도 가슴이 저려
오는 대목이다. 아마 교통이 불편한 시절일 터. "늑골 늪
히며 마르고 말라/ 불쏘시개로 남은/ 뼈를" 사르는 장면

에서 티베트의 풍장이 자연스럽게 떠오른다. 알다시피 풍장은 다시 자연으로 돌아가는 과정이다. 몸을 받아 세상에 태어났지만, 세상을 떠날 때는 다시 되돌려주는 행위라 볼 수 있다. 그런데 불쏘시개로 남는 건 다시 희생을 통해서 이타적인 삶을 사는 거로 인식된다. 아마 자식들을 위해 한평생 살아온 어머니의 행위는 그러할 터. "꽃불 환히 밝혀두고 홀씨 되어 날아"감으로써 바람 속에서 영혼은 정화된다. 그녀가 거느리는 바람의 군단들도 다양한 역할을 하고 있지만, 더러는 허무주의의 바람도 있다. 그러나 허무까지 거둘 수 있으므로 정영선표 바람은 더욱더 확장되고 깊어진다.

해학과 관능의 미학

> 봄이 굴렁쇠를 굴리면
> 올챙이 알이 죄다 개구리 뱃속으로 굴러 들어가고
> 민들레 꽃잎 홀씨 속으로 숨어들면
> 자주색 제비콩 꽃 꼬투리 속으로 들어가고
> 널따란 토란잎 알뿌리 속으로 숨어들면
> 햇빛과 바람의 뜻을 좇던
> 열매란 열매 모두 태胎 속으로 굴러 들어가고
> — 「굴렁쇠」 부분

뼈다귀 달라붙은 물컹한 껍데기살 주제에
질기디질긴 자존심에
까칠함이라니
어쭈, 잘린 반쪽 턱관절 모로 돌려 비웃는 배짱이라니
그래, 내가 졌다 졌어

- 「아구찜」 부분

돌각담 틈새마다 앓는 관절 감싼 이끼

묵묵히 세월 무늬 새기며

나 잘났네, 너 못났네 불거지거나 토라짐 없이

모난 아귀 서로 맞추며

- 「돌각담 앞에서」 부분

　시인 정영선표 바람과 동반하면서 은근히 암시하는 건
해학과 관능이다. 나는 개별적으로 일면식도 없는 정영
선 시인에 대한 시를 읽고 굳지 해설이랍시고 쓰고 있지
만, 인상적인 비평으로 본다면 추측에 불과할 것이다.
일전에 창원에 갔다가 안 보고도 믿는 공영해 선생과 고
추잠자리가 비행하는 주남저수지 코스모스길을 산책하
다가 정영선 시인 시집 얘기를 듣고, 엉겁결에 해설을

쓰게 된 것이다. 해설 쓰는 힘으로 시 한 편 더 쓰면 좋을 일을 왜 일을 맡았는지 후회했지만, 약속이 천금이라 어쩌겠는가.

아무튼 그녀의 시편들을 읽으면서, 세속적인 말로 아마도 산전수전 공중전까지 겪은, 한소식 한 듯한 느낌을 지울 수가 없다. 눈물에 젖은 빵을 먹어본 자만이 알 수 있는 해학과 달관이 시편들에 녹아있어 꽃을 활짝 피우고 있기에 더욱 그렇다. 「굴렁쇠」 시는 세상의 이치와 순리를 자궁의 들숨과 날숨으로 묘파한 수작이다. 「아구찜」이나 「돌각담 앞에서」 시는 낮은 자세로 임하는 내공이 충실한 자의 태도와 맥락을 함께한다. 서로 다른 세 편의 시들이 놓치지 않는 게 있다면, 잘 버무린 해학이며, 묘하게 관능을 견인하고 있다는 점이다. 그러므로 정영선 시인의 시는 흡인력과 재미를 더한다.

잎새는 떠나는 늦가을 꽁무니 쫓다 말고 여름 벌레가 갉
아먹다 만 옆구리를 긁적인다

연둣빛 통통한 애벌레 주억이며 베어 먹던 소리꽃 사각
사각 소금기둥 되어 서 있다

가을은, 다음 페이지로 넘어가지 못한 채 양면테이프에
두 발이 묶여 있다

　　　　　　　　　　　　　　　　　　　－「소리꽃 자리」 부분

시 「소리꽃 자리」 역시 아련한 관능을 향하고 있다. 세상에 꽃이 피는 소리를 언제 어떻게 들을까마는(마음먹고 들으려면 들을 수는 있겠지만), 시인은 귀가 밝다. "여름 벌레가 갉아먹다 만 옆구리를 긁적"이는 감촉은 무성음의 부드러움으로 살짝 소름이 돋을 듯하다. 살짝 건드리는 관능의 접선은 소금기둥이 되어 결박당한다. 소리꽃 자리의 흔적은 슬픔을 동반하지만, 내내 육체적인 관능을 포섭하고 있다.

이 시집의 표제시 「만월滿月의 여자」를 읽으면서 상당한 과장으로 얘기하자면, 여자 미당未堂이 나왔다는 느낌을 받았다. "간장을 뜨려다 문득/ 장독 속 빠져 있는 여자를 보"면, 미당의 "그렇지만, 그 소리를 안 하는 어느 아침에 보니까 上歌手는 뒤깐 똥오줌 항아리에서 ……(중략) 거길 明鏡으로 해 망건 밑에 염발질을 하고"(「상가수의 소리」) 있는 시와 연대하고 있다. 그녀의 '만월의 여자'와 미당의 '상가수'는 시의 질감과 밀도로 보면, 동종 업계에 있는 듯하다. 하지만 그 연상을 작파하고 "깊은 적막의 테두리 벗어나지 않은 탕탕한 세월/ 묵혀져 더 깊고 융숭한 초로의 단내가 되네"라는 대목에서 웅숭깊은 시의 발효의 향기는 지상과 하늘에 떠 있는 만월까지 감싼다. 천공의 달은 지상에 펼쳐진 천 개의 강에서 다양한 모습으로 비치는 만큼, 시인의 자화상도 변화무쌍할 것이다. 이미 한소식을 뒤로 하고 소금기둥(「소리꽃 자리」)

을 이루었던 전적으로 종내는 '묵혀져 더 깊고 융숭한 초
로의 단내'가 되었다. 인생을 아는 맛이랄까. 세상의 어
떠한 악취도 견딜 수 있는 튼실한 내공의 정영선 시인의
다음 시집이 벌써 기다려질 뿐이다.

간장을 뜨려다 문득
장독 속 빠져 있는 여자를 보네
거울에 얼비치는
퉁퉁 불은 보름달
국자로 건져 올리려다 빠뜨리고 빠뜨리네
찌그러졌다 펴졌다 도리질로 앙버티는
고집이 제법인 여자
천천히 자지러져
고요에 맞닿을 때까지 나는
아득한 독 안을 오오래 들여다보네
아찔하니 멀미가 이네
버캐 앉은 짜디짠 생 흔들리다 울렁증 일어도
십자가 덧짐 지고
깊은 적막의 테두리 벗어나지 않은 탕탕한 세월
묵혀져 더 깊고 융숭한 초로의 단내가 되네
가을 햇살이 만월의 여자를 마침내 도닥이네

—「만월滿月의 여자」 전문